熊王传奇

〔加〕 欧内斯特·汤普森·西顿 / 著

安东尼 / 编译

天地出版社 | TIANDI PRESS

图书在版编目（CIP）数据

熊王传奇 /（加）欧内斯特·汤普森·西顿著；安
东尼编译. —成都：天地出版社，2019.3（2019.5重印）
（世界百年经典动物小说）
ISBN 978-7-5455-4343-8

Ⅰ.①熊… Ⅱ.①欧… ②安… Ⅲ.①儿童小说—中
篇小说—加拿大—现代 Ⅳ.①I711.84

中国版本图书馆CIP数据核字（2018）第252608号

熊王传奇
XIONGWANG CHUANQI

出 品 人	杨　政
著　者	〔加〕欧内斯特·汤普森·西顿
编　译	安东尼
责任编辑	李红珍　江秀伟
装帧设计	思想工社
责任印制	董建臣

出版发行	天地出版社
	（成都市槐树街2号　邮政编码：610014）
网　址	http://www.tiandiph.com
	http://www.天地出版社.com
电子邮箱	tiandicbs@vip.163.com
经　销	新华文轩出版传媒股份有限公司

印　刷	北京瑞禾彩色印刷有限公司
版　次	2019年3月第1版
印　次	2019年5月第2次印刷
成品尺寸	165mm×235mm　1/16
印　张	8
字　数	100千
定　价	22.00元
书　号	ISBN 978-7-5455-4343-8

前言

　　西顿被誉为"动物小说之父"，因为是他开创了动物小说这种文体。他的动物小说之所以写得出神入化，还因为他首先是一位杰出的动物学家。在他一生中的绝大部分时间里，他都在加拿大的林莽和大草原中跋涉奔走。为了把动物写好，他从观察动物所获得的大量素材中，精心选择了最有文学价值的动物生活来进行写作。这些动物在他笔下各具特色，向我们展示着不同动物的情感和精神世界。

　　西顿的动物小说在经历百年岁月的检验后，已经被证明是世界动物小说中的经典。本书精选了他的三篇具有代表性的小说，讲了三个精彩的故事。

　　《熊王传奇》：小熊杰克逃离牧场后又回到了出生的地方，为了填饱肚子，它经常袭击羊群。然而，当昔日的主人对它展开多次追捕，对主人怀有旧情的它又能否逃过这生死之劫呢?

　　《山羊王卡拉格》:公羊首领卡拉格在前有悬崖后有追兵的情况下,是如何单枪匹马杀死三只猎犬、五只恶狼的?

　　《野猪泡泡的故事》:勇敢的野猪泡泡战胜带有剧毒的花斑蛇,智擒凶残的野猫,在耗尽精力才杀死力大无比的大黑熊后,又能否躲过背后瞄准它的猎枪呢?

目录 ★★★★★ CONTENTS

熊王传奇

目录
CONTENTS ★★★★

熊王传奇

1 兰卡和两只小熊

　　骑着马的猎人兰卡，行走在风景如画的山间，他的注意力集中在地上大熊的脚印上。根据经验，他断定这是一只很大的母熊。这只母熊曾经杀死过很多牧场里的牛羊，很多猎人都试图捕杀它，但几年来一直没有成功。

兰卡站在山的最高处，看到两只活泼可爱的小熊和神态安闲的熊妈妈。"这次一定不能失手！"兰卡端起猎枪，随着"砰"的一声响，子弹击中了大熊的肩膀，它痛吼一声，却没有慌张地逃开，而是向兰卡扑去。

　　面对这样一只凶猛的母熊，兰卡慌里慌张地撒腿就跑。

　　这以后，兰卡一次又一次进山，终于抓住机会，趁母熊在河边喝水的时候开枪打死了它。

打死大熊以后，兰卡抓住两只刚出生不久的小熊，把它们带回了家。两只小熊非常可爱，兰卡给那只活泼乖巧的小公熊取名"杰克"，那头性格暴躁的小母熊则取名"吉尔"。

有一天，兰卡的朋友罗来访，听说杰克很喜欢吃蜂蜜，便把它带到一棵大树下，想要逗逗它。

看到蜂蜜，杰克高兴地向树上爬，可是树枝摇晃不定，它没有办法靠近蜂窝。看到它想吃又吃不到的样子，兰卡和罗在下面哈哈大笑起来。

杰克没有放弃，一点点地靠近蜂窝，猛地扑过去，然后抱着蜂窝一起掉进了树下的河里。蜂窝顺流而下，杰克爬上岸一路紧追，最后在一个浅滩中找到了蜂窝，它张开嘴巴，心满意足地吃起来。

兰卡和罗不由对杰克的机智赞叹不已。

2 被卖掉的杰克和吉尔

杰克一天天长大，兰卡担心它走失，特意在它的耳朵上打了一个洞作记号。

一天，兰卡外出办事。两只小熊像脱缰的小野马一样，到处撒野。它们冲进了食物储藏室，吃光了蜂蜜，打翻了奶油，将面粉撒得到处都是……兰卡回来后，被眼前的景象气坏了。

没过几天，一位商人凑巧路过兰卡家，看中了两只小熊，一心想要买下它们。兰卡因为生活窘迫，冲动之下答应了——虽然他很快便后悔了，但已经来不及了。

　　商人买下小熊后，很快把它们卖给了一个牧场主。吉尔因性情暴躁，经常挨打，很快就抑郁而死，只剩可怜的杰克孤零零一个了。

杰克一天天长大，怕它伤人，牧场主就用链子拴住它，把它关在一个圆木桶里。牧场里的猎狗把杰克当作眼中钉，总冲它汪汪叫。杰克不怎么搭理它们，因为它知道，只要自己愿意，就能轻松地把这些叫得很大声的家伙甩出很远。

　　杰克的力气很大，这一点早已经远近闻名。

012

牧场主一心要用杰克挣钱，便让它去跟公牛打比赛。

这一天，装着杰克的木桶被几个人抬到了比赛场中央，杰克的对手是一头非常凶狠的公牛。

木桶打开了，公牛斗志昂扬，可杰克却没有像人们期望的那样怒吼着扑过去，而是突然转身，向栅栏外跑去。赛场陷入一片混乱，杰克趁乱逃出了牧场。

它会逃向何处呢？

3 艰难的丛林生活

　　逃命的杰克一直向前跑，穿过汩汩的河流，翻过险象环生的山丘……它明白，离人类越远，它越安全。

　　终于，杰克停了下来。它居然回到了出生的地方。它不记得这是它故乡的大山，但它感到好亲切啊！在这里，它感受到了久违的自由和快乐。

短暂的快乐后，生存问题变得越来越紧迫。一天夜里，杰克饿坏了，忍不住袭击了一个羊群，叼走了一只羊。很快，它就爱上了鲜美的羊肉，经常袭击羊群。

不堪其扰的牧羊人准备带着羊群离开，猎人兰卡正好骑马路过，他当即答应帮助牧羊人干掉那只贪吃的大熊。

从那以后，兰卡就把全部的精力用在捕捉这只大熊上。一天夜里，借着浓密的树叶的掩护，隐藏在树上的兰卡瞄准了大熊。一声枪响之后，杰克猛地跳起来——子弹击中了它的后背。受伤的杰克逃回自己的洞穴，那个晚上，饥肠辘辘的杰克疼得一夜没合眼。它没想到，更大的磨难还在后面。

4 杰克死里逃生

  第二天一早，滚滚的浓烟飘进了洞穴。原来兰卡想要把熊从洞里赶出来，就在洞口点了火，没想到，火势失控，蔓延了开来。

  杰克踉踉跄跄地冲出洞穴，跳进了水里逃命。兰卡为了不让大熊发现自己，他潜进了水里。

此时的兰卡无论如何也想不到，眼前的庞然大物正是那只曾与他亲密无间的小熊。他慌张地爬上岸，却发现大黑熊就在身后。情急之下，兰卡只好趴在地上装死。而杰克在他身边逗留了一会儿，便离开了，这让兰卡百思不得其解。

5 兰卡与杰克再次交锋

兰卡没有放弃，他做了更充分的准备，还请了他的朋友罗带上他的猎狗来帮忙。

他们来到近期大熊经常出没的湖边，搭了一座帐篷，一连埋伏了几天。终于，这一天，他们发现了大熊的脚印。猎狗循着气味一路追去。

　　杰克确实就藏在附近不远的林子里。那渐行渐近的脚步声，让它有一种熟悉的感觉，让它迟迟不愿意离开。直到猎狗发现了它，汪汪叫着扑过去，杰克一掌拍下去，猎狗倒在地上奄奄一息。

痛失猎狗的罗和兰卡沮丧地返回帐篷，却大惊失色地发现杰克正在这里！兰卡马上开枪射击，杰克被子弹打掉了一颗牙齿，它更加暴怒了，狂叫着扑过去，兰卡慌忙爬到了大树上。

　　愤怒的杰克撕毁了帐篷，踢飞了工具，赶走了马，然后把火药踢到了篝火里。爆炸的巨响声中，兰卡又向杰克开了一枪，打中了杰克的肚子。"嗷——"的惨叫声中，杰克仓皇逃走了，很快消失在森林深处。

6 蜂蜜的诱惑

　　一个月后，杰克的伤才慢慢好起来。这天，正在四处寻找食物的杰克突然闻到一股甜美的味道。它抵抗不住诱惑，循着味道向黑暗的洞穴走去……"咣当"一声，一道木门关上了。原来，

这是兰卡和罗布置的陷阱。但是，力大无比的杰克狠命撞开了笼子，成功逃脱了。

春天的时候，固执的兰卡和罗又去追击杰克。这一次，他们发现大熊正和一头毛色油亮的母熊在一起，看上去十分恩爱。兰卡瞅准机会就要开枪，但是杰克对人类的气味太熟悉了，机警地带着母熊钻进了深深的草丛……

很快，越来越多的猎人知道了这只让人们无可奈何的"熊王"。

7 突出包围的熊王

　　越来越多的猎人加入到捕猎熊王的队伍当中，但是一年多过去了，猎枪、捕猎夹、笼子都没能困住熊王。

　　兰卡将猎人们聚在一起，建议大家一起合作：首先包围大熊，然后再用绳套活捉它。几天后，猎人们终于将熊

王团团围住了。随着兰卡一声令下，数个套索扔向熊王。套索是用蛇皮编织的，结实无比。很快，杰克的脖子和腿都被紧紧绑住了。杰克使出了浑身力气往回拽，猎人们被连人带马拽了过去。突然间，熊王收了力气，松开绳子，正在使劲儿的马和猎人猝不及防，撞成了一团。杰克趁机咬断绳索，逃走了。

8 熊王的一生

在荒原上游荡了一段时间的杰克饿坏了。这天，它再次被蜂蜜的甜美味道引入了笼子，这一次，笼子比以往的都要结实，熊王逃不出去了。它被五花大绑，然后装上火车，拉到了城市里。

杰克被关在一个大铁笼子里。它周围是拥挤的人群，人们争先恐后地赶来参观这只曾经凶悍无比的熊王。杰克知道自己再也逃不掉了，它安静地躺下来，对人们拿来的食物不闻不问，想用绝食来维护自己最后的尊严。

兰卡来了。看到曾经威风凛凛的熊王而今奄奄一息，他心中五味杂陈，忍不住伸出手，抚摸熊的耳朵。"这个……洞！你是……杰克！"兰卡这才知道自己带头捕捉的大熊，正是自己念念不忘的杰克。他后悔不已，眼泪流了下来。

　　杰克微微睁开眼，它也记起了自己和吉尔跟这个男人玩耍逗乐的美好时光。它的一生历尽磨难，而童年与兰卡共度的日子，是它最快乐的记忆。

兰卡拿出蜂蜜，对杰克说："杰克，我要是早点认出你，一定不会一次又一次伤害你。请你原谅我。活下去！吃点东西吧！"

　　杰克好像听懂了兰卡的话，吃了蜂蜜，打起了精神。

　　从那以后，被关在笼子里的杰克健康地活了下来。但是，杰克一直到死，它都没有再像以前那样快乐过，而且它拒绝和人类亲近。没事的时候，它就默默地望着远方的天空，它心里明白，自由的乐园已成为永远的回忆！

山羊王卡拉格

1 早起的小疙瘩和贪睡的小白鼻子

　　甘达峰上，灿烂的阳光落在渐渐融化的白雪上。雪地上，印有两条由小点点组成的弯曲的虚线，虚线在没有雪的地方消失，又在有雪的地方出现。老猎人斯科迪知道，这是两只大角羊的脚印，于是，他顺着踪迹去寻找猎物。

来到一块大岩石前的洼地，他发现这里盛开着一片白花，他正在欣赏，洼地里突然出现了两只小羊。

　　"好可爱的小羊！我要把它们抓回去！"斯科迪惊喜不已。

　　两只刚出生不久的小羊踉踉跄跄地移动着，眼看斯科迪要抓住它们了，一只母羊忽然远远地咩了一声，两只小羊立刻机警起来，一会儿跳到这里，一会儿跳到那里，轻松地躲开了猎人抓它们的大手。

更有趣的是，在与猎人周旋的过程中，小羊的四条腿越来越灵活有力，很快，它们便爬上岩石，沿着陡峭的悬崖消失不见了。

在逃亡的旅途中，两只小羊越来越亲密。那只白色鼻头、身体强壮的小羊，被称为"白鼻子"，另一只出生几天，头上就长出了小角疙瘩的高个子山羊，则被叫作"小疙瘩"。

小疙瘩性格开朗，精力充沛，每天睡得晚却很早起床；而小白鼻子很贪睡，是羊群里起床最晚的。阳光普照的日子里，小疙瘩总喜欢用头上的疙瘩顶熟睡中的小白鼻子的屁股，直到把它唤醒。

有一天，小疙瘩它们跟着母羊路过一片松树林时，遭到一只凶恶的黑色狼獾的攻击。小白鼻子和它妈妈不幸遇难了，小疙瘩和妈妈反应及时，迅速跑开了。

小疙瘩的妈妈头上的尖角像两只钉子一样直立着，我们叫它"钉子妈妈"吧。它机警又聪明，时刻都在认真查看周围的情况。这天，它突然提醒小疙瘩藏好身形，小疙瘩往远处一看，原来是斯科迪正向它们这边张望。听话的小疙瘩和钉子妈妈藏好了，一动不动，直到猎人无可奈何地离开。

　　钉子妈妈带着小疙瘩找到了一大群大角羊，在打败了一只母羊之后，完成了加入新羊群的仪式——羊的世界有一个奇怪的规定：要通过比试力气来决定是否被接纳。

一开始，小疙瘩总是被欺负，直到有一天它向小羊中个头最大的小公羊发起了挑战。一开始，小疙瘩被对方逼得步步后退，但它咬紧牙，用新长的小角狠狠刺向小公羊的侧腹，小公羊疼得逃跑了。从此，小羊们再也不敢欺负小疙瘩了。

羊群的首领是一只断角的老母羊，我们叫它"余茬"吧。它的孩子是一只长着一对歪扭羊角的小公羊，叫"小歪扭"。

　　这天，为了找群羊渴望已久的东西——自然生产出来的盐，羊群来到一个溪谷。大角羊们很兴奋，不听余茬和钉子妈妈的劝告，贪吃林子里的青草，结果被一只凶悍的美洲狮攻击了。小歪扭惊慌失措，掉了队，余茬妈妈失去了理智，返回溪谷找孩子，不幸被狡猾的美洲狮杀死了。

2 羊群的新首领

　　贪心的美洲狮杀死余茬妈妈后，又向羊群扑去，多亏钉子妈妈不断发出号令，带领羊群逃到了安全地带。

　　小歪扭变成了孤儿，没有了妈妈的照顾很是可怜，于是，钉子妈妈便收养了它。同时，作为羊群里最聪明能干的母羊，钉子妈妈成了羊群的新首领。

几年后，小羊们都长大了。它们的角越长越长，小歪扭的歪角长粗了，变成了"歪犄角"，小疙瘩的名字变成了"卡拉格"。它们学会了各种野外生存本领，要开始独立生活了。

长大的孩子能独立生活了，钉子妈妈决定开始新的旅程——寻找公山羊度过一段时间，准备生新的小羊。

公羊群和母羊群相遇后，想要追求同一只母山羊的公山羊们开始厮打，它们用美丽的羊角顶着对手，直到偏弱的一方被打败，战斗才会结束。

冬天过去一半，公山羊又告别母山羊离开了。而母山羊们又回到了追随钉子妈妈的日子。

第二年的6月份，母山羊们陆续生下了小羊。这天，钉子妈妈正要喂小羊吃奶的时候，猎人斯科迪又出现了，只听"砰"的一声，钉子妈妈哀叫一声倒下了。

　　卡拉格跳跃着，吸引着猎人的注意力，把他引向了远处。钉子妈妈躺在还没有融化的积雪上，体力慢慢消失，当它的热血与白雪融合后，它的生命也走向了尽头。而它旁边刚出生不久的小羊，在久等妈妈不醒时，也闭眼走向了死亡。

3 卡拉格成为公羊首领

有一年秋天，大角羊交配的季节里，卡拉格和几只年轻的公羊势单力薄，被轰出了羊群。

四年后，在外闯荡的卡拉格已经成为一只威武英俊的大角羊了。它遗传了钉子妈妈的聪明机智，很快成为新羊群的首领。

卡拉格在险峻的岩石上飞奔的身姿，如同天空中的飞鸟，它身上的皮毛在光照下还会随着摆动变换多种颜色，如同林中的精灵。它头上的犄角，也是独一无二的。

又到了大角羊交配的季节，卡拉格带着羊群加入了一个母羊群中，并打败所有的对手，成为整个羊群的首领。

首领的地位并不是一帆风顺的。这天，两只外来的公羊向卡拉格发起了挑战，经过一番激烈的战斗，一只卑鄙偷袭的公羊自食恶果，摔下了悬崖；另一只则狼狈地逃跑了。

因为此时猎人斯科迪外出淘金去了，所以大角羊们过了几年平和的日子。直到一种可怕的疾病侵袭了羊群，很多母羊和小羊都因此失去了性命。卡拉格虽然挺了过来，却也深受重创，头上的羊角再也没长大过。

4 陷入绝境的卡拉格

　　猎人斯科迪又回来了！虽然他年纪已经很大了，但身体依然硬朗，还特意配了一副双筒望远镜

用于打猎。他的出现，可以说是大角羊们噩梦的开始。幸运的是，现在的羊群有了卡拉格这样智勇双全的首领，它带着大家一次又一次躲开了敌人的追击。

斯科迪虽然一直垂涎卡拉格那对漂亮的犄角，但也没有什么好办法。

一个风和日丽的下午，一个叫李的牧人来拜访斯科迪，他带了三只异常威猛的猎狗。听说了羊王那对美得惊人的犄角，这位酷爱打猎的牧人立即带上猎狗，跟斯科迪一起进了山。

这一次，因为三只猎狗灵敏的嗅觉，羊群无法隐藏身形，只能在高高的岩石间逃亡。猎狗紧随其后，一直将羊群逼到一个陡峭的悬崖边。这里与对面的悬崖间隔很远，站在死亡边缘的卡拉格它们要么跳下去摔死，要么，被身后的猎人杀死……

5 卡拉格勇战群狼

　　就在进退两难之时，卡拉格纵身向前一跳，前脚落在对面悬崖低处一块凸起的岩石上，紧接着，马上转身越向另一侧悬崖更低处的岩石……其他的大角羊紧随其后，就像一条灰色的瀑布在悬崖间流淌。

三只猎狗也紧随其后，可是它们显然没有卡拉格这样优秀的观察力与跳跃力，所以很快掉落下去，被谷底的河流冲走了。李和斯科迪默默地站在悬崖边，看着猎狗和山羊从视野中消失，只不过，猎狗是去了地狱，而山羊们是去了安全的地方。

　　痛失爱犬的李和斯科迪没有放弃捕杀卡拉格。这一天，正当他们寻找机会猎羊的时候，遇到了一件意料之外的事：森林里跑出了三只狼，开始疯狂地追逐大角羊。

　　羊群逃向悬崖上一条陡峭的小路，小路只能容下一只山羊通过，为了保护羊群，卡拉格落在了后面，直面恶狼。领头的狼先冲了上来，卡拉格迅速低下头，用漂亮的犄角顶住了狼牙并来回摇动，直到恶狼被摔下悬崖。就这样，一只接着一只，卡拉格充分利用地形优势，打败了强大的敌人。

李被卡拉格的勇敢与智慧打动了，决定不再伤害这只伟大的羊王。

6 斯科迪的疯狂追击

斯科迪却仍痴迷于卡拉格头上那对漂亮的犄角，发誓一定要捕杀到它才罢休。

一场大雪后，斯科迪借着雪地上的脚印找到了羊群。"砰"的一声枪响，卡拉格的犄角被子弹打中了，它疼得差点晕过去，但仍忍着疼痛命令群羊分散逃命。斯科迪一路对卡拉格穷追不舍。

　　五天后，斯科迪追到了一个湖边。借助一场突如其来的暴风雪，卡拉格隐藏踪迹，逃跑了。经验丰富的斯科迪虽然失去了山羊的踪迹，却抄近路去了卡拉格可能出没的地方。

　　果然，一天天刚亮，卡拉格出现了。斯科迪扣动扳机，没想到卡拉格麻利地向上一跳，躲过了飞来的子弹，然后转身飞跑，很快就不见了……

　　时间一天天过去，斯科迪对卡拉格的追捕一直没有停。漫长的交锋与对峙让他们很疲惫，但双方的斗志依然高昂。

7 卡拉格之死

　　这天早晨，斯科迪突然想到一个绝妙的主意。他砍了几棵树，捡了一些石子，做了一个假人，给它披上自己的衣服，用来迷惑卡拉格。

借助假人的掩护，斯科迪悄悄来到距离卡拉格只有几十米的地方，举起了猎枪。随着一声枪响，英勇的卡拉格倒下了。它当了近十五年的首领，带领着羊群，凭借智慧与勇气击败了无数敌人，却最终因为自己的犄角而失去了性命。

斯科迪将卡拉格的头做成了标本。标本做得很好，它的两只犄角和金色的眼睛，如同活着一样。而它眼里那机智而不屈的眼神，总让斯科迪心有余悸。他只好找来一块布把标本盖了起来。

四年后的一天，一场大雪后，几十吨重的雪从山峰上滑下来，冲向谷底。斯科迪的小屋被雪球笼罩，在咚的一声巨响后，小屋消失在了雪中。斯科迪仿佛看到暴风雪中有一双金色的眼睛，目光骄傲，一双漂亮的犄角直直地指向天空。斯科迪命丧风雪中。

　　春天到来的时候，积雪融化，卡拉格的头颅完好无损地保留了下来。那双金色的眼睛，像它活着的时候一样，穿过美丽的犄角，望向故乡的天空。

　　如今，卡拉格被称为"甘达峰最勇敢的战士"，它的故事早已成为传奇，而捕杀它的斯科迪，早已经被人遗忘了。

野猪泡泡的故事

野猪妈妈和它的宝宝们

　　大山深处的一大片森林里，四只粉嘟嘟的小猪宝宝正争相往妈妈怀里钻，为了占据吃奶的好位置，它们开心地斗来斗去。

这一群亲热依偎的野猪母子，可不是普通的猪。在当地，人们称它们为"剃刀鬃"，意思是它们的鬃毛像剃刀一样锋利——尤其是在遇敌或发怒的时候。

　　野猪宝宝们在妈妈的宠爱中一天天长大，它们会独自在林子里奔跑，也会结伴外出刨树根或者找果子吃。

一天，正当野猪妈妈教孩子们认果子的时候，一只红毛小猪跳起来，它被蜜蜂蜇了鼻子。

红毛小猪噘起了嘴，因为委屈，也因为这样可以少疼一点点。没想到，噘嘴渐渐成了它的习惯，时间长了，就像小孩吹肥皂泡一样，总有白色泡泡绕在它的嘴边。野猪妈妈因此亲昵地叫它“会吹泡泡的红毛小子”。

　　天气变暖了，熊开始出没，在此处寻找肥嫩的野猪宝宝做食物。野猪妈妈只好决定带孩子们去森林对面的普兰提先生家附近住些日子，那里食物有保障，也安全一些。听说要出门，野猪宝宝们都很高兴。

会吹泡泡的红毛小子一路上表现出色，显然把妈妈教的自我保护方法全学会了。

　　穿过一片草莓地，再走一段路，就是普兰提先生家了。

2 野猪泡泡来到了莉赛特家

6月的一个风和日丽的早上，一个叫莉赛特的小女孩独自一个人来到了森林里。她今年十三岁，家就在附近。

红红的草莓像一颗颗红珍珠，莉赛特被它们迷住了，不知不觉来到了森林深处。

"呼噜……呼噜……呼噜……"附近传来的古怪声音让莉赛特吃了一惊。她小心地四下查看，很快，她就在摇晃的草丛中看到了一只大黑熊。

莉赛特吓得两腿发软，话都说不出了，她猜想下一刻，自己就会被大黑熊吃掉了。就在这千钧一发之际，野

猪妈妈正好带着孩子们路过。面对气势汹汹的大黑熊，野猪妈妈毫不畏惧，勇敢地迎了上去。

　　一场大战一触即发。大黑熊压根儿没把野猪妈妈放在眼里。

　　红毛泡泡小子没有像其他小野猪一样只会哼哼着后退，而是抬起头，勇敢地盯着敌人。

大黑熊实在是太强大了，它几掌下去，野猪妈妈便被打倒在地。莉赛特看到受了重伤的野猪妈妈和被大黑熊追得四处逃窜的野猪宝宝，赶紧逃回家去叫爸爸。

父女俩带上猎枪刚回森林，发现地上满是鲜血，野猪妈妈和两只野猪宝宝已经被大黑熊残忍地杀掉了。只有聪明的红毛泡泡小子躲在树丛中，活了下来。

　　莉赛特央求爸爸把小猪宝宝带回了家。小野猪很淘气，常常逗小鸡、追鸭子……莉赛特很宠爱它，因为它总爱吐泡泡，还给它取了一个可爱的名字——泡泡。

3 野猪泡泡的新生活

一天，野猪泡泡跑出去玩，很晚才回家，莉赛特又担心又生气，告诫它说："以后只要我一吹口哨，你就得赶快回到我身边。"野猪泡泡很快记住了小主人的口哨声。

一次，莉赛特正在擦鞋油，野猪泡泡跑过来，乐滋滋地把前蹄向前一放。"你真是一头爱臭美的小猪！"莉赛特笑着给它的前蹄涂上了白色的鞋油。

　　野猪泡泡很调皮，爱臭美，也很勇敢。当年它妈妈和大黑熊激战时，它趁大黑熊不备狠狠地撞向黑熊的肚子，在强大的敌人的肚子上划了一个很深的伤口。

那只大黑熊很长时间没有吃到肉了，就偷偷跑到农场吃家畜。巧合的是，它选定了野猪泡泡和小羊们住的石板小窝作为目标。

"不好！有熊！"大家听到动静后跑出来，发现大黑熊跑掉了，小羊被杀死了，而野猪泡泡不见了。

莉赛特急忙出去寻找野猪泡泡，她一边找一边吹口哨。很快，野猪泡泡满身泥巴地跑了出来，原来，它机智地躲到了沼泽地里。

莉赛特高兴地带着野猪泡泡到河边洗了澡，并赞扬它说："你这么小就懂得怎么保护好自己，做得太好了！"

4 勇斗花斑蛇

炎热的夏天，莉赛特去河里游泳。等她上岸的时候，却惊恐地发现：天哪！衣服上盘着一条粗长的大花斑蛇！情急之下，莉赛特向着家的方向吹起了口哨。

过了一会儿，大蛇突然抬起头，冲着小姑娘吐出了蛇信子……"哼，哼哼……"熟悉的声音传来，莉赛特心里一喜，野猪泡泡出现了！

野猪泡泡大叫一声冲向花斑蛇，它背上锋利的鬃毛竖起来，牙齿咬得咯咯作响，花斑蛇也毫不示弱，吐着红红的蛇信子迎向野猪泡泡。

　　一场激烈的战斗后，花斑蛇被野猪泡泡剖开肚子，一命呜呼。

泡泡保护了小主人，作为答谢和奖励，莉赛特给它挠背，这让野猪泡泡很开心。

　　泡泡长得很快，到秋天的时候，它已经有七十多公斤了。它每天都昂着头，像一个勇敢的战士。

5 野猪泡泡有了自己的家

　　不知不觉，野猪泡泡已经成长为一只优秀的青年剃刀
鬃毛野猪了。有一天，它来到牧场那棵专供野猪蹭痒痒的
树旁。正当它把身子靠在树上舒服地磨蹭时，忽然听到一
阵悦耳动人的声音："咕啦啦……咕噜噜……"

野猪泡泡顺着声音望去，看到一头野猪从树林里跑出来。那是一头灰色的年轻母猪，身上的灰毛光滑油亮，真是一只美丽可爱的小野猪！

　　刹那间，泡泡心中涌上一种异样的情感，它觉得这头猪曾多次出现在自己的梦里，而现在它从梦里出来了。泡泡好想和它永远在一起！

泡泡痴痴地望着灰色的小母猪，而那只羞涩的小野猪先是有些不好意思，接着就转身跑开了。

　　泡泡回去以后，一直睡不着觉。第二天天没亮，它们又在树下相遇了。泡泡紧张地问："你愿意跟我一起蹭痒痒吗？"然后，它听到了一个像歌声一样美妙的声音回答："我愿意！"

很快，两只情投意合的年轻野猪结婚了。婚后，泡泡亲昵地称自己的新娘为"灰姑娘"。

6 泡泡与山猫激战

婚后的泡泡和灰姑娘一起离开牧场生活在大森林的深处，它们因为相爱而更加勇敢、强大。

一天，野猪夫妇寻找食物时，又遇到了老敌人——那只大黑熊——它正在生病，很虚弱。泡泡和灰姑娘不想乘人之危，放它离开了。

　　半年后，它们的孩子降生了。野猪宝宝们继承了灰姑娘的美丽和泡泡的聪明。泡泡和妻子为了养育孩子，每日忙忙碌碌，很辛苦也很快乐。

灰姑娘每天都会带孩子们去河边喝水。它们不知道，一个坏家伙时常埋伏在一棵大树上，那是一只爱吃猪肉的山猫。

一天，野猪宝宝们喝完水，像往常一样排队往回走的时候，一只贪玩的野猪宝宝掉队了。那只蓄谋已久的山猫趁机抓住了野猪宝宝，并把它带上了大树。

泡泡听到了灰姑娘痛苦而焦急的喊声，匆忙赶过来。它踩在一个树桩上，纵身一跃，把山猫撞了下来。

　　山猫刚一落地，泡泡便冲上去用牙猛扎，山猫很快毙命。但那只可怜的野猪宝宝再也没有醒过来。

7 灰姑娘勇斗大黑熊

野猪夫妇一时仁慈放过的大黑熊病好了，又开始想吃野猪肉了。这天，它刚巧发现了被山猫咬死的野猪宝宝，立刻冲上去，撕扯野猪宝宝的尸体。

这一情景被灰姑娘看到了，它怀着怒火扑了过去，大黑熊也毫不示弱。怀着丧子之痛的灰姑娘不顾一切地撞向大黑熊，却因为用力过猛摔下悬崖，掉进了河里，最终费了好大力气才回到家人身边。

8 泡泡夫妇与黑熊决斗

莉赛特爸爸种的蔬菜被糟蹋了。他认为是野猪干的，气坏了，不顾女儿的劝阻，带上朋友比利一起去山林里打野猪。

他们带着猎枪和猎犬，分头寻找。比利的猎犬很快发现并包围了一只个头巨大的野猪。野猪被激怒了，很快杀死了四只猎犬，并把比利逼到树上。野猪仍不罢休，疯狂地撞着大树，比利双手死死地抱住树干，浑身发抖。

莉赛特赶了过来。她把手指放在嘴边，吹起了口哨。先前暴躁不已的野猪很快安静下来，温顺地走向莉赛特，撒娇地把身体贴在以前的小主人身上。

莉赛特开心地抚摸着野猪泡泡的头，像它小时候一样，给它挠背，然后依依不舍地目送它回到了森林深处。

　　莉赛特爸爸的农田再次遭到破坏，他气急了，再次出发去打野猪。在森林深处，他吃惊地看到了三只体格庞大的动物正在激烈地搏斗。

　　那正是野猪夫妇和它们的老对手大黑熊。野猪夫妇满身鲜血，看上去筋疲力尽，却仍旧不停地撞向黑熊。不远处的草丛中，有一窝刚刚出生不久的野猪宝宝。

　　这场血腥的战斗持续了很久，当黑熊终于倒在地上时，野猪夫妇已经遍体鳞伤。旁边观战的莉赛特爸爸觉得自己的腿都麻了。他看着第一时间跑去安抚孩子的野猪夫妇，深受感动，默默地想："泡泡，我也会像莉赛特一样，祝福你们一家人的！"

很快，野猪泡泡一家消失在了森林深处。它永远都不会知道，自己和妻子勇斗大黑熊那天，有一个带着猎枪的人类被它的勇敢和爱感动，用美好的祝福代替了杀它的念头。

兔子坡
荣获"纽伯瑞儿童文学奖"

活泼可爱的兔子小乔治离奇失踪，阿那达斯叔叔怀疑有人绑架了小乔治。顿时，兔子坡弥漫着紧张的气氛。小乔治到底去哪儿了？兔子坡能否重获宁静和温馨？翻开《兔子坡》，在引人入胜的故事中寻找答案吧！

白牙
美国著名作家的文学经典

是什么原因使一只充满野性的狼狗愿意舍弃生命，不顾一切地守护一个人类家族？翻开杰克·伦敦的《白牙》——一部风靡全世界的经典动物小说，感受人类与动物的深厚情谊。

红脖子
小学语文新课标必读名著

这是"动物小说之父"西顿的经典作品。主人公红脖子是一只强壮、聪明、勇敢的松鸡，它经历了大自然的无数考验：饥饿没有使它屈服，寒冷没有使它退缩……然而，它最终却死在了猎人的圈套里。翻开本书，感受大自然的神奇和动物伟大的生命历程！

小战马

小学语文新课标必读名著

　　"小战马"是一只长耳野兔。它聪明勇敢，在与猎狗的较量中屡获成功，还为自己赢得了自由！翻开"动物小说之父"西顿的《小战马》，感受生命的力量和尊严，以及动物们丰富的情感世界，你一定会被深深震撼……

黑骏马

轰动欧洲文坛的儿童文学经典

　　这是关于一匹黑色骏马的故事。它曾经过着无忧无虑的生活，而当主人家发生变故后，它被几经转手，接触了各种各样的人。它的命运将如何？翻开《黑骏马》，聆听它那些令人动容的故事吧！

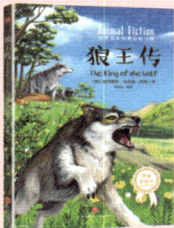

狼王传

"动物小说之父"的传世经典

　　狼王珞波称霸河谷，连猎人们都惧它三分。然而，当它风光不再，被捕之时，这位昔日的狼王会屈服吗？……本书还收录了《小豁耳一家》《我的名字叫"小哮"》《贫民窟里的猫》《奔跑吧，黑野马》四个故事，让你充分感受动物们自强不息的精神和顽强的生命力！

灵犬莱西

享誉世界的经典动物小说

　　牧羊犬莱西是小男孩乔·克劳福最亲密的伙伴，然而，它却被乔的爸爸卖掉了。莱西一心要回到小主人身边。它翻山越岭，历尽千难万险，信念从未动摇……莱西能平安地回到小主人身边吗？翻开这本书，体会人与动物之间深刻的爱与情谊，收获心灵的感动。

荒野的呼唤
杰克·伦敦的经典之作

狼犬巴克原本生活安逸，而在被倒卖后，它的生活充斥着痛苦和磨难。后来，新主人的关爱使它感受到了温暖，而新主人不幸遇难后，它的命运又将如何？翻开《荒野的呼唤》，感受生命在不断挑战中迸发出的惊人力量！

彩虹鸽
荣获"纽伯瑞儿童文学奖"

这是一部传递爱与勇气的战地鸽王传奇。彩虹鸽曾经创下了辉煌的战绩，然而身负重伤后，它开始意志消沉，丧失了飞翔的勇气与信念。它该如何战胜恐惧？它还能重新飞向蓝天吗？……翻开本书，开启一场净化心灵的成长之旅！

熊王传奇
"动物小说之父"的传世经典

小熊杰克逃离牧场后，对昔日的主人依然怀有深刻的感情。当主人对它展开追捕时，它能否逃过这次"生死之劫"？……本书还收录了《山羊王卡拉格》和《野猪泡泡的故事》两部作品。让我们在动物学家西顿的文字中，领略动物们丰富的情感世界。

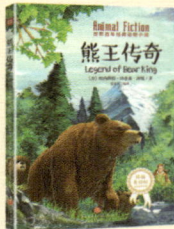